LES AMOURS GRENADIERS,

OU

LA GAGEURE ANGLOISE.

PETITE PIECE EN UN ACTE

SUR LA PRISE DE PORT-MAHON.

Repréſentée pour la premiere fois ſur le Théâtre de la Foire S. Laurent, le 9 Septembre 1756.

Le prix eſt de 24 ſols.

A PARIS,

Chez RUAULT, Libraire, rue de la Harpe.

M. DCC. LXXVIII.

ACTEURS.

VENTRE A TERRE , Soldat & Grenadier François ;
    Amant de Lisette.

BELLEROSE , Grenadier François , Amant de Tonton.

BLAISE , Paysan habitant de l'Isle.

LISETTE , Bergere, fille de Blaise.

TONTON , Bergere , niece de Blaise.

BRIDING , Anglois , domicilié dans l'Isle.

La Scène est à Minorque , à quelque distance du Fort.

LES AMOURS GRENADIERS,

PETITE PIECE EN UN ACTE.

SCENE PREMIERE.

TONTON, LISETTE.

TONTON.

Air. *Voici les Soldats qui viennent.*

Voici des foldats qui viennent,
   Hélas ! fauvons-nous ;
Je tremble qu'ils ne nous prennent,
Ils nous tueront s'ils nous tiennent ;
   Ah ! fauvons-nous,
   Ah ! fauvons-nous.

LISETTE.

Air. *Menuet de Coraline.*

D'où vient cette frayeur ?

TONTON.

Je me meurs.

LISETTE.

J'ai vû les ennemis,
   Je frémis ;
Ils vont au Village
Tout mettre au pillage,

Les Amours Grenadiers,
Je les vois,
Sauve-moi.
LISETTE.
Il vaut mieux les attendre ici.
TONTON.
Mal à propos tu badine.
LISETTE.
Sont-ils bien près ?
TONTON.
Quels font tes projets?
Fuyons.
LISETTE.
Mais,
As-tu peur, Coufine,
Avec des François ?
TONTON.
Air. *La Touriere.*
Depuis long-temps leur canon
Gronde fur notre rivage ;
Et l'Anglois dans Port-Mahon
A d'eux, pour toute raifon :
Bon, bon, bon, bon, bon, bon,
Du Fort ils font une cage,
Bon, bon, bon, bon, bon, bon.
Leur chef eft un vrai démon.
LISETTE.
Je vois bien que tu ne les connois pas encore ; car
tu n'aurois pas peur de pareils démons.
Air. *Menuet d'Exaudé.*
Dans la paix
Un François
Qu'on attaque,
Sait ripofter vaillamment ;
Au feu, fon élément ;
Malheur à qui l'embarque.
Nul tranfport,
Nul effort
Ne l'arrête ;
Vouloir fufpendre fon bras,
C'eft vouloir fixer la
Tempête.
Mais au fortir de la guerre
Il n'effraye plus la terre ;
Son humeur,
Sa douceur
Nous enchante ;
C'eft un torrent écoulé,
Dont l'eau dans un verd pré
Serpente.
Le Guerrier

       Du laurier
       De Bellone,
Va payer le don du cœur
D'un aimable vainqueur
Que bientôt l'on couronne.
       C'eſt ainſi
       Que conduit
       Par la gloire,
Le François à tour à tour;
Avec Mars & l'Amour,
       Victoire.

TONTON.

Sur le portrait que tu en fais, tu me donnes de la diſpoſition à ne les plus craindre.

    Air. *Nous ſommes précepteurs d'amour.*

Je me ſens même aſſez cœur
Pour attendre ici leur paſſage.

LISETTE.

Quand ils viendront, je n'ai pas peur
De te voir manquer de courage.

TONTON.

Mais comment as-tu fait pour ſavoir ſi bien les connoître ; car je t'ai vû en avoir peur, tout autant que moi, ſur le portrait que M. Briding, cet Anglois ton fiancé, nous en avoit fait?

LISETTE.

Bon, faut-il t'étonner qu'il en parle mal ; c'eſt pour punir les inſultes que les Anglois lui ont faites, que le Roi de France envoye une armée en cette Iſle ; mais ils content tout à leur avantage.

    Air. *Comment faire.*

La langue eſt un meuble chéri,
Dont l'Anglois ſait tirer parti ;
Au bien, au mal il l'accomode,
Pour ſe laver quand il a tort,
Pour ſe vanger quand on le mord ;
    C'eſt ſa mode.

TONTON.

    Air. *Entre l'amour & la raiſon.*

Quel maître a voulu t'enſeigner?
Tu parles mieux qu'un Gazetier ;
Sur le détail de cette guerre,
Plus d'un te croira du métier.

LISETTE.

Mais, vraiment, c'eſt un Grenadier
Gui me forme ſur les affaires.

TONTON.

Un Grenadier?

LISETTE.

Oui vraiment.

TONTON.

Qu'eſt-ce qu'un Grenadier ?

LISETTE.

Air. *Je ſuis un bon froteur.*

C'eſt un brave ſoldat
Qui porte au combat
    L'allegreſſe
Qui de ſon Général,
Héros ſans égal,
Veut être rival ;
Qui dans ces lieux,
Ardent comme au feu,
Chérit ſa maitreſſe.
Pour finir c'eſt
Un François par fait,
    Et mon fait.

TONTON.

Ah, ma couſine, tu l'aimes aſſurement !

LISETTE.

Tu me dis cela avec un petit ton de jalouſie, fri-
ponne ; tu n'as plus envie de te ſauver.

TONTON.

Air. *Ne v'la-t-il pas que j'aime.*

J'ai commencé par fuir leur pas
Avec un ſoin extrême.

LISETTE.

Et puis à la fin tu diras
Ne v'la-t-il pas que j'aime ?

TONTON.

Je les attendrai, ma couſine, je les attendrai ; quelqu'un de ces charmans François m'aimera, que je ſerai
contente ! ah ! que je l'aimerai !

Air. *Des Feuillantines.*

Non, je ne les verrai pas.

LISETTE.

Pourquoi pas ?

TONTON.

Mais que fera Nicolas ?
Si je vais en aimer d'autres.

LISETTE.

    Il fera,
    Il fera,
Ce qu'on déja fait bien d'autres.
Il ſe conſolera. Je plante bien là M. Brinding, qui
eſt fort riche, à qui mon pere m'avoit fiancé ; je crois
que, tout compaſſé, un fiancé en vaut bien un autre.

Air. *Ah ! le voilà, le voilà.*

S'il s'en fâche, tant pis pour lui.
Pourtant le tour eſt traître.
Amant, il vient d'être trahi ;

Epoux, il eût pû l'être ;
On le garantit de cela ;
Mais j'ai cru voir quelqu'un par là,
Ah ! le voilà, ah ! le voilà,
Oui, le voilà, le voilà, là.

TONTON.

Qui donc ?

LISETTE.

Mon Amant.

TONTON.

Le Grenadier ? Il est avec un homme habillé comme lui. C'est un François, ma coufine ; n'est-il pas vrai, n'est-il pas vrai ? Réponds moi donc, que je fuis aife !

LISETTE.

Ah ! coufine, comme te voilà apprivoifée ! Retirons-nous un peu fous les arbres. Nous aurons le plaifir, avant de nous faire voir, de les admirer & de les entendre.

TONTON.

Mais s'ils s'en vont fans nous appercevoir.

LISETTE.

Ne crains rien.

SCENE II.

VENTRE A TERRE, BELLEROSE, *le havrefac fur le dos, & le fabre fous le bras,* TONTON, LISETTE.

VENTRE A TERRE.

Air. *S'tila qu'a pincé Berg-op-zoon.*

Près avoir roffé l'fAnglois,   bis.
Faut v'nir un p'tit peu boire au frais ;   bis.
Camarade, prenons courage,
J'en vaudrons à ç'foir davantage.

BELLEROSE.

C'eft bien dit ; mettons nos fabres par terre.

Ils défont leur havrefac.

LISETTE.

Comment les trouves-tu ?

TONTON.

Qu'ils ont bonne mine !

VENTRE A TERRE, *pofant le havrefac à terre.*

J'ai l'a d'dans d'quoi nous r'mettre un peu ; l'combat donne d'l'appetit.

LISETTE.

Celui qui a bon appétit eft mon amoureux.

BELLEROSE, *tirant une bouteille de fon havrefac.*

Et moi j'ai du vin.

VENTRE A TERRE.

Vive la joie. Nous n'mourrons ni d'faim ni d'foif; c'eft un plaifir de s'battre dans ç'pays-ci ; rien ne nous manque.

BELLEROSE.

Faut dire auffi qu'nous avons un bon pourvoyeur.

VENTRE A TERRE, *débouchant la bouteille.*

Ventrebleu, not Général a foin d'nous. C'eft un bon pere ; mais y peut s'vanter d'avoir d'f enfans qui aiment bien.

Air. *Veux-tu dans mon galetas.*

Buvons pour lui ces deux coups,
L'f autres feront pour fa famille ;
Morbleu, j'les aimons tretous ,
Dans le feu ça vous pétille.

BELLEROSE.

Ami , je penfe comme toi ;
Mais pour qu'en tout not r'pas brille,
Il faut commencer avec moi
Par boire à la fanté du Roi.

TOUS DEUX.

Buvons à la fanté du Roi.   *bis.*

VENTRE A TERRE.

C'eft lui qui mene la barque.

BELLEROSE, *appercevant les Bergeres.*

Eh ! camarade, voilà des jolis minois qui nous r'gardent ; mettons-les d'la fête.

VENTRE A TERRE, *fe retournant.*

Eh ? ventregué , c'eft vous, Mamefelle Lifette ; que n'vous montrez-vous ? G'nia ici que les Anglois qui s'cachent.

LISETTE.

Nous voulions vous furprendre.

VEETRE A TERRE , *donne fa taffe d'étain à Lifette,*
& en tire une de terre de fa poche.

Air. *Tout à la bonne franquette.*

Voulez-vous à la franquette,
Boire un p'tit doigt avec nous ?

LISETTE.

De bon cœur, je vous accepte.

VENTRE A TERRE.

C'te fois-ci c'eft pas pour vous,
C'eft au Maître de la France
Que nous d'vons nos premiers coups ;
Il mérite la préférence :
Qu'l'Amour en foit pas jaloux.

LISETTE

LISETTE.

Air. *De tous les Capucins du monde.*
Pour lui m'a tendresse est extrême,
L'aimer, c'est vous aimer vous-même.

VENTRE A TERRE.

Ça s'appelle parler françois.

LISETTE, *à Tonton.*

Eh bien, te plaît-il ?

TONTON.

              Il m'enchante.

VENTRE A TERRE, *à Bellerose.*

Qu'en dis-tu?

BELLEROSE.

    L'une est belle. Mais
La petite brune est charmante.

VENTRE A TERRE.

C'est d'la fausse anx yeux, n'est-ce pas ?

TONTON, *à Lisette.*

Entends-tu ?

VENTRE A TERRE, *à Lisette.*

Air. *Vous avez bien de la bonté.*
Mais dit'moi donc à propos d'ça,
Qu'est-qu'c'est que c'te poulette.

LISETTE.

C'est ma cousine.

VENTRE A TERRE.

         Elle a déja
L'air d'une bonne emplette.
à Tonton. Eh bien, c'garçon-là f'ra l'marché ;
Si votre tendresse est en vente.

LISETTE.

Votre servante.
Monsieur, en vérité,
Vous avez bien de la bonté.

VENTRE A TERRE.

Gnia pas d'bonté-là-d'dans ; c'est d'tout cœur.
à Bellerose.

AIR.

Avance donc,
Du cœur, de l'audace,
Attaque la place
Auprès d'un tendron.
Quoi ; tu fais le poltron
Comme l'Anglois.
Jeune cœur qui marchande,
Quoiqu'il se défende,
Faut toujours qu'il s'rende
Quand on l'serre d'près.

TONTON, *à part.*

Ah, ma coufine! Je crois qu'il m'aime. Vois-tu comme il me regarde?

VENTRE A TERRE.

Allons: dreffe tes batteries. Hardi, mon camarade.

BELLEROSE.

Du premier abor, comme cela, es-tu fûr que je réuffiffe?

VENTRE A TERRE.

Comment, fi j'fuis fûr? J'réponds du cœur d'une Belle, comme mon Général d'une Place. Faut qu'être François pour ça.

BELLEROSE, *à Tonton.*

Air. *Je viens devant vous.*

Permettez-moi donc
De vous avouer ma tendreffe.

VENTRE A TERRE.

Vas-tu fur ce ton
Lui faire ta conffeffion?
Air. *Vous m'entendez bien.*
Bel enfant, fans tant barguigner,
C'garçon d'un grand feu s'fent brûler:
Il faut, fans vous contraindre.

TONTON.

Hé bien?

LISETTE.

L'allumer, ou l'éteindre,
Vous m'entendez bien.

BELLEROSE.

Air. *Vous voulez me faire chanter.*
Il s'explique un peu brufquement;
Mais fa bouche eft fincere.
Foi de foldat, je fais ferment
D'adorer ma Bergere,

TONTON.

Hé bien, Monfieur, j'en jure autant;
Je n'en fais point la fine,
Et j'ai bien du contentement
D'imiter ma coufine.

VENTRE A TERRE.

Air. *Nous fommes précepteurs d'amour.*
Vlà c'que c'eft d'avoir d'la raifon:
Al parle comme une peinture.

LISETTE.

La nature y va fans façon;
Le bon amour c'eft la nature.

BELLEROSE.

Nous pouvons continuer not repas à préfent.

VENTRE A TERRE.

T'as raifon. As-tu un couteau?

BELLEROSE.

Non, l'diable m'eftringole.

VENTRE A TERRE, *caffant le pâté à pleines mains,*
préfente un morceau à Lifette.

Air. *A la façon de Barbari.*

Vlà un p'tit morceau qu'eft pas chien,
T'nez, mangez ça la belle.

BELLEROSE, *arrêtant Ventre à Terre, qui veut pré-*
fenter un morceau a Tonton.

Que chacun préfente le fien :
Prenez, Mademoifelle.

VENTRE A TERRE.

Tu cherches toujours d'la façon ;
La faridondaine, la faridondon,
Parbleu, faut nous conduire ici, béribi ;
A la façon de Barbari, mon ami.

LISETTE.

A la guerre comme à la guerre.

VENTRE A TERRE.

Eh oui, oui ; mais n'faut pas vous étonner s'il eft
pû poli qu'moi : il commence à approcher du Général.
Il eft déja Caporal dans la Compagnie.

TONTON.

Votre Général eft donc bien aimable ?

VENTRE A TERRE.

Air. *Marche du Roi de Pruffe.*

Entre amis,
J'ai mon prix,
Bell'rofe a l'fien auffi.
Mais quand mille autr'ainfi
Viendroient ici,
Le Maréchal
Martial
Stilà qu'eft not Général,
Brilleroit mieux
A vos yeux
Qu'tous fes foldats, & qu'nous deux :
Dans l'amour, ainfi que dans les feux,
C'eft un grivois qu'eft vigoureux.
Notre Roi
Qu'eft matois,
N'fait jamais de mauvais choix.
Il s'eft fouv'nu comm' nous d'Fontenoi :
Richelieu d'près
L'fuivoit,
Et dam'vous l'imitoit :
C'eft ça qu'il fait aujourd'hui
Prefque tout auffi bin comm'lui.
Quand on s'en va
Aux combats

On s'croit bin loin d'lui déja.
Mais, point du tout; vlà-t-il pas
Qu'vous l'voyez qui fuit vos pas ?
      Nous ménager
      Dans l'danger,
C'est à ça qu'il veut songer.
      De not besoin,
      D'près & d'loin,
Cent fois pû qu'nous il a l'foin.
S'il nous chérit, vaut savoir auffi
Si pour lui l'on travaille à demi.

LISETTE.

Ah, que voilà un aimable François !

TONTON.

Je donnerois mon sang pour un pareil Général.

VENTRE A TERRE.

Oh ! vous aurez beau lui donner des traits d'amitié ;
tant qu'il aura des foldats vous n'aurez par la volte.

BELLEROSE.

Air. Chacun à fon tour.

C'est affez parler de la gloire ;
Nous en irons chercher tantôt.
Aptéfent , fi tu veux m'en croire,
D'aimer occupons nous plutôt.

VENTRE A TERRE.

Un foldat, auprès de fa brunette,
Peut donner quelqu'chofe à l'amour.
      Chacun à fon tour,
      Liron , lirette,
      Chacun à fon tour.

VENTRE A TERRE.

Air. Gentille pélerine.

Oui, parlons de tendreffe,
Car, morbleu, ça nous preffe.

BELLEROSE.

Ma petite Maîtreffe ,
Vous trouvez-vous bien là ?

TONTON.

Près de vous tout m'arrête.

BELLEROSE.

Pour chanter ma conquête ,
Un petit coup, brunette.

TONTON.

Oui-da , Monfieur, oui-da :
C'eft pour vous feul que je bois cette fois-là.

VENTRE A TERRE, *arrêtant Bellerofe, qui eſt prêt*
à boire.

En douceur, camarade, en douceur; y a d'la tranchée c'foir. *

LISETTE.

Qu'eſt-ce que la tranchée ?

BELLEROSE.

Air. *De tous le Capucins du monde.*

C'eſt l'endroit où l'artillerie
Tire avec le plus de furie.
Chaque foldat avec ardeur,
Y court fans ménager fa vie.

Il jette fon vin.

Qui s'ennivre n'a pas l'honneur
De s'expofer pour fa Patrie.

TONTON.

Vous appellez cela un honneur ?

VENTRE A TERRE.

Oui vraiment; toute l'armée penfe comme nous ; &
not Général, qui nous connoît comme perfonne, nous
prend par not foible.

TONTON.

Air. *Le plaifir paſſe la peine.*

Comment fe difpenfer de boire,
Pour rifquer de mourir de gloire ?
La peine paſſe le plaifir.
Avoir la tête un peu trop plaine,
Et l'affront de ne point mourir:
Le plaifir
Paſſe la peine.

VENTRE A TERRE.

Même Air.

Bien yvre, à l'ombre d'une treille,
Dormir quand fon Général veille,
La peine paſſe le plaifir.
Quand au laurier un chef vous mene,
Prêter vos bras pour le cueillir,
Le plaifir
Paſſe la peine.

Excufez fi nous n'fommes pas du même avis que
vous, Mamfelle.

LISETTE.

Oh, je fuis du votre, moi.

---

* *M. le Maréchal de Richelieu ayant appris que*
l'on s'ennivroit dans le camp, publia que quiconque
feroit pareil excès n'auroit pas l'honneur d'aller à la
tranchée. Depuis cette menace, on ne s'ennivra plus.
Cet article eſt dans les Gazettes d'Utrecht du mois
de Juillet.

TONTON, *empreſſée.*

Et moi auſſi, ma couſine ; mais on eſt ſi peu accoutumée aux manieres françoiſes.

VENTRE A TERRE.

Oh, vous vs'y f'rez, vous vs'y f'rez.

TONTON.

Oh, pour cela, oui.

LISETTE.

Pour moi j'y ſuis toute faite.

BELLEROSE.

Nous ne vous déplaiſons donc pas, comme cela ?
Air. *Tout du long de la riviere.*

Pouvez-vous déplaire ?

LISETTE.

Mais, ſavez-vous bien,
Qu'un rival eſpére
Obtenir ma main ?
Il faudroit, pour s'en défaire,
Trouver un moyen.

VENTRE A TERRE.

Faut le j'ter dans la riviere ;
C'eſt le plus certain.

LISETTE.

Nous réuſſirons mieux par douceur. Parlons à mon
Pere, qui eſt l'Oncle de Tonton ; il eſt aſſez bien diſpoſé pour les François. Ainſi, nous aurons ſon conſecrement aſſurément.

VENTRE A TERRE.

En attendant, j'tiens l'vôtre ; c'eſt l'meilleur. S'il
n'veut pas donner l'ſien d'bonne guerre, nous lui prendrons en maraude.

BELLEROSE.

Pour moi, il me paroît que je ſuis venu aſſez-tôt
pour n'avoir point de rival.

TONTON.

Pardonnez-moi. Il y a un certain Nicolas qui m'en
cantoit. Mais la premiere fois que je le verrai ; ne
vous inquiétez pas ; je le traiterai ſi mal, ſi mal, qu'il
n'y reviendra plus.

VENTRE A TERRE.

Parlons du mien. Qu'es-ce que c'eſt que c'tanimal-
là ?

LISETTE.

C'eſt un Anglois, habitant de cette Iſle.

VENTRE A TERRE, *ramaſſant ſon havreſac.*

Oui, l's'Anglois s'aviſent d'être amoureux pendant
qu'il y a des François ici ; ah, que je l'rencontre.

LISETTE.

Le voilà, qui vient avec mon pere.

VENTRE A TERRE, *ramaffe fon fabre.*

Eh bin, ça s'trouve à propos pour que je lui faffe mon p'tit conpliment.

LISETTE.

Non, retirons-nous fous ces arbres ; & fi mon Pere refte feul ; vous l'aborderez pour lui parler a votre aife·

VENTRE A TERRE.

La main m'demange pourtant furieufement.

LISETTE.

Allons, allons, moderez-vous, & fongez que je vous en prie.

VENTRE A TERRE.

Gnia rien à répondre à ça. (*A Bellerofe & à Ton-ton.*) Allons.

SCENE III.

BLAISE, BRIDING.

BRIDING.

JE fuis le valet très-humblement de vous, Moffié Blaife.

BLAISE.

Et moi itou, Monfieur Briding : de quoi s'agit-il ?

BRIDING.

Air. *Je ne fais pas écrire.*

J'ai du plaifir beaucoup charmant,
De pouvoir ici librement,
Parle à vous, Moffié Blaife,
D'un fujet très-fort important.

BLAISE.

J'nous couvrons, pour qu'en attendant,
Vous parliez à votre aife.

BRIDING.

Air. *Du Confiteor.*

J'ai dans mon efprit un foupçon,
Et l'efprit de moi n'eft pas bête,
Que pour France une paffion
Tenoit bien fort dans votre tête ;
J'ai vû tout vot pens'ment, déja.

BLAISE.

Par quel œil avez-vous vû ça ?

BRIDING.

Air. *El allons donc, jouez violons.*

Depuis que la France en cette Ifle,
Tâche de fe faire un afile,
De plaifir vous êtes faifi ;
Vous demande ce qui fe paffe ;

Et puis, s'ils prendroient cette Place.
Je ferois, dites-vous, ravi.
D'un contentement inoui.
L'Anglois feroit bien la grimace,
C'eft nous railler à notre face.
François, Anglois, qu'êtes-vous plutôt?
Donne nous votre dernier mot.   *bis.*

BLAISE.

Je n'fommes ni François, ni Anglois.

BRIDING.

Cependan: vous panche pour l'un beaucoup, Moffié Blaife, & je n'ai pas pour bien certainement prouvé que ma Nation emporte la balance.

BLAISE.

Ça va fans dire; on eft braves gens, & l'on connoît fon monde.

BRIDING.

Vous m'pique, vous m'pique, fave-vous bien que j'ai le tête près extrêmement de la bonnet?

BLAISE.

Eh! ventregué; n'faites pas tant l'méchant, j'fommes bon pour vous répondre; & t'nez, j'commence à m'échauffer auffi moi; & fi vous n'changez d'ton; j'vous montrerons c'que j'favons faire.

BRIDING, *reculant, & ôtant fon chapeau.*

Je n'aime pas le bruit; remettez-vous; parlons avec tranquillité.

BLAISE, *à part.*

Comme il fe radoucit.

BRIDING.

Non, Moffié Blaife, encore un coup, j'n'aim'pas m'fâche contre mes amis; dites clairement voul'vous que je tevienne le gendre d'un cœur France.

BLAISE.

C'eft à ça qu'vous en vouliez v'nir; eh! pargué, laiffez-là not fille; v'là-t-il pas queuq'chofe & d'rare que l's'Anglois, pour vouloir avoir d'leu race.

BRIDING.

Vous infulte en ma perfonne l'Angleterre tout entier; fonge donc que vous êtes fon fujet, & puis.

Air. *Tout roule aujourd'hui dans le monde.*
Vous n'êtes fait Maître d'Ecole
Que par la main du Gouverneur.

BLAISE.

S'il veut m'l'ôter, je m'en confole.
Pargué, c'eft pas un grand malheur;
Dès demain, par expérience.
C'tilà qui nous donne des loix,
Apprendra qui n'ia que le Roi d'France

Qu'a

Qu'a droit de nommer aux emplois. *

BRIDING.

Vous compte donc que les Anglois feront battus.

BLAISE.

Oui, je le compte.

BRIDING.

Certainement ?

BLAISE.

Certainement ?

BRIDING.

Air. *Du Cap de Bonne-Eſpérance.*
Grand-merci de l'eſpérance ;
Mais demain , par nos Anglois,
Je veux voir prendre le France ;
Le chef & tous les François,
J'en ferois bien la gageure.

BLAISE.

Moi, j'en fais une plus ſûre
De voir de main en batteau
Tous vos projets à veau-leau.

BRIDING.

Voule vous gage que non, Monſſié Blaiſe.

BLAISE.

Air. *Vraiment, mon compere , oui.*
Eh bien , je gage que ſi.

BRIDING.

Vraiment , ma compere, oui ;
Nous ſeuls prendre le Victoire.

BLAISE , *ironiquement.*
Vraiment , mon compere , voire ,
Vraiment , mon compere, oui.

BRIDING.

Je gage une diſcrétion.

BLAISE.

Oh qu'nannin.
Air. *Nage toujours , ne t'y fié pas.*
D'mon côté j'tiendrons bin la gageure ,
Mais pour vous faut qu'l'enjeu m'en aſſure.

BRIDING.

Ma parole vaut-elle pas :
Ne peut-on pas croire à mon foi quand je le jure ;

BLAISE.

Mons l'Anglois, on dit en ce cas ,
Nage toujours , mais ne t'y fié pas.

BRIDING.

Vous inſulte terriblement mon probité , Monſſié Blaiſe.

* *Le Gouverneur Anglois nommoit aux Bénéfices à Minorque.*

BLAISE.

T'nez, je n'fommes pas défiant, j'gage ma fille, fon trouffiau & fa dot' qu'vous n'aurez morgué pas, fi vous pardez. Voyez c'qu'vous avez à mett' la contre.

BRIDING.

Je gage ma chapeau, le canne, & cent écus ; ça vaudra bien le dot, le trouffieau, & la fille tout enfemble.

BLAISE, *regardant le bord du chapeau.*

C'eft-il fait, ça.

BRIDING.

Oui, très-fait.

BLAISE.

Allons, voilà qui eft décidé.

BRIDING.

Adié, Moffié Blaife : j'ai quelques petits affaires à terminer, je reviendre après cherche le prix de la gageure.

Air. *Je n'ai pas le pouvoir.*

J'époufe la fille au revoir.

BLAISE.

C'eft ce qu'il faudra voir.

BRIDING.

L'Anglois être vainqueur ce foir.

BLAISE, *riant.*

Il n'a pas le pouvoir.   *bis.*

SCENE IV.

BLAISE.

JE n'crains rien, j'fuis fûr de gagner ; l'Roi d'France eft mon s'cond. Pourtant en gagnant c'te gageure là, v'la ma fille qui m'refte fur les bras ; al a vingt ans, morgué ; à c't âge-là ça commence à devenir embaraffant ; mais qu'importe, al eft jolié ; y a des François ici, al n'peut pas chomer.

SCENE V.

VENTRE A TERRE, BELLEROSE, BLAISE.

BELLEROSE.

LE voilà feul, approchons tout doucement.

BLAISE.

Faut que je rêve à ça.

VENTRE A TERRE.

Attends, laiſſe-moi commencer l'premier, j'm'en vas
lui tourner un p'tit compliment.

BELLEROSE.

C'eſt bien dit, ça le déterminera en notre faveur.

BLAISE.

Allons faire un p'tit tour cheux nous.

Il donne du nés dans l'épaule de Bellerofe.

VENTRE A TERRE, *lui frappe ſur l'épaule.*

Serviteur, not bourgeois.

BLAISE, *effrayé.*

Au s'cours. Ah ! Meſſieurs, j'vous d'mandons pardon ; qui êtes-vous ? que me voulez-vous : j'ſuis tout
prêt à vous ſatisfaire.

VENTRE A TERRE.

Bon, vous avez l'air effrayé ; j'vous traite pourtant
avec politeſſe. (*Lui ſecouant la main fortement.*) Allons, remettez-vous, n'eſt-ce pas vous qui s'appelle Monſieur Blaiſe.

BLAISE.

Oui, Monſieur.

VENTRE A TERRE.

Tant mieux ; c'eſt vous que je cherche.

BELLEROSE.

Couvrez-vous donc, Monſieur Blaiſe.

VENTRE A TERRE.

J'ſuis ravi d'la rencontre. Vous n'nous r'connoiſſiez
pas bin, n'es-ce pas ?

BLAISE, *les enviſageant l'un apès l'autre.*

J'ons beau r'garder, je n'nous r'mettons pas du tout
la phiſionomie d'vot viſage.

VENTRE A TERRE.

J'n'en ſuis pas étonné, c'eſt la premiere fois q'vous
nous voyez ; mais j'veux vous mettre au fait. J'm'a-
pelle Ventre à Terre, Soldat du Roi, brave homme,
& v'là Bellerofe, c'eſt un chien d'tout cœur, & vot
ſerviteur auſſi bin qu'moi, Monſieur Blaiſe.

BLAISE.

J'ſuis l'votre d'même ; ça m'fait plaiſir itou d'vous
voir ; pargué j'aime les François d'inclination.

BELLEROSE.

Les François vous rendent bien le change ; & dès
que j'vous ai vû, j'ai ſenti que j'avois de l'inclination
pour vous.

VENTRE A TERRE.

Diable emporte, vous m'avez l'air d'un brave homme ; & parc'que j'vous aime, je viens avec mon camarade vous parler d'une petite affaire où nous avons
beſoin de vot conſent'ment.

BLAISE.

Ah, parlez, Meſſieurs ?, j'nons rien à r'fuſer à des
François.

VENTRE A TERRE.

Il faut dire, Monſieur Blaiſe, que vous avez une
jolie fille.

BLAISE, *tirant une révérence.*

Ah ! Monſieur.

BELLEROSE.

Il faut avouer que votre niéce eſt bien aimable.

BLAISE, *retirant ſa révérence.*

Ah ! Monſieur.

BELLEROSE.

Elles tiennent de vous toutes deux.

BLAISE.

Ah ! Monſieur, c'eſt trop d'honneur ; gni en a qu'une
qu'eſt ma fille, pourtant.

VENTRE A TERRE.

Ça n'fait rien, y a un air de famille, & c'eſt c't'
air de famille-là qui nous a déterminés à en d'venir
amoureux, & à vous en faire la d'mande.

BLAISE.

Pour moi, je vous les accorderai avec plaiſir ; mais
elles ne vous connoiſſent pas.

BELLEROSE.

Pardonnez-moi, nous avons leur conſentement, il ne
s'agit plus que du vôtre.

BLAISE.

Comment diable ! vous êtes expéditifs.

 Air. *Nous ſommes précepteurs d'amour.*
  A peine vous avez paru,
  Qu'nos fille à vous aimer ſont prêtes.

VENTRE A TERRE.

  En France ont traite à l'impromptu
  Le mariage & les conquêtes.
 Air. *Et allons donc, Mademoiſelle,*
  Pour nous c'eſt une bagatelle
  D'avoir le cœur d'un tendron,
  Quand une belle eſt cruelle,
  Nous lui diſons ſans façon,
  Et allons donc, Mademoiſelle,
  Vous n'avez point de raiſon,

BLAISE,

La maniere eſt ſans gêne ; mais il y a encore qucuque
choſe qui m'embaraſſe.

VENTRE A TERRE.

Ah ! j'ſais c'que c'eſt.

  A I R.
  C'eſt c'te promeſſe
  Qu'a d'vous certain Anglois

Pour ma maîtreſſe ;
Mais il n'l'aura jamais.
S'il faiſoit le méchant ,
Ap'lez-moi promptement ;
Si d'ma main j'vous l'careſſe ,
Il n'vous ſom'ra d'long-temps.
D'vot promeſſe.

BLAISE.

Mais , ma niéce ?

BELLEROSE.

Elle a congédié ſon amoureux ; ainſi l'affaire eſt ſûre
à préſent.

BLAISE.

Allons , morgué , embraſſez-moi j'ſuis ravi qu'ça
aille comm'ça : v'là mes filles qui viennent à propos
partager ma joie ; retirez-vous un peu pour avoir le
plaiſir de les ſurprendre.

VENTRE A TERRE.

C'eſt bien imaginé , beau-pere.

SCENE VI.

**VENTRE A TERRE , BELLEROSE , BLAISE ,
LISETTE , TONTON.**

BLAISE.

Air. *Dans le fond d'une écurie.*

VEnez , Tonton & Liſette ;
A propos, j'vous trouve ici :
Si je vous baillons un mari,
Serez-vous bien ſatisfaite ?

LISETTE.

Vous déciderez.

BLAISE.

Nenni.
C'eſt pour vous qu'l'affaire eſt faite,
Entre le non & le oui,
Vous pouvez prendre le parti.

TONTON.

Ah , ma chere ; c'eſt peut-être nos fiancés dont il
veut parler : prenons garde à cela au moins.

LISETTE.

Tu as raiſon ; mais que veux-tu que je diſe ?

TONTON.

Je veux que tu répondes , & que tu nous garantiſſes
de ce malheur-là.

BLAISE.

Mais il ne s'agit pas de caufer enfemble ; c'eſt à moi qu'il faut parler.

LISETTE.

Oui, mon Pere... mais c'eſt que nous diſſons, que... que...

TONTON, *vivement.*

Que, que, quelle lenteur ? elle perdra tout, ſi je la laiſſe faire ; je vois bien qu'il faut que je m'en mêle.

à Blaiſe.

Air. *Sans le ſavoir.*

Quand on veut ſe mettre en ménage,
De l'amour auquel on s'engage,
L'hymen fait bien-tôt un devoir ;
Qui fuit une éternelle peine,
Ne prend pas époux ſans le voir,
Et ne ſe forge point de chaînes
Sans le ſavoir.

BLAISE.

Air. *Mariez-moi.*

Les époux que j'ons pour vous,
Sont auſſi d'vot'connoiſſance.

LISETTE.

Qui donc ?

VENTRE A TERRE, BELLEROSE, *ſe montrant.*

Eh ! parbleu, c'eſt nous.

TONTON & LISETTE, *faiſant un cri de joie.*

Quelle heureuſe circonſtance ?

à Blaiſe. Mariez, mariez, mariez-nous.

BLAISE.

Tu n'fais plus de réſiſtance.

TONTON & LISETTE.

Mariez, mariez, mariez-nous,
Il n'eſt pas de nœuds plus doux.

VENTRE A TERRE.

Eh bien. v'là qu'eſt décidé ; gnia pû qu'à faire la nôce à préfent.

BLAISE.

C'n'eſt pas l'tout, y a encore une clauſe pour être mon gendre ; mais j'n'en ons pas parlé, parc' que ça dépend d'vous.

Air. *Ah ! c'eſt une merveille.*

Faut vous dire qu' j'avons gagé ;
J'ſomm's preſque ſûr d'avoir gagné,
Qu'par vous l'Anglois ſroit congédié.

LISETTE & TONTON.

Vous gagnerez la gageure.

VENTRE A TERRE.

A tantôt,
Ils ſront l'ſaut,

C'eſt moi qui vous l'jure.

Oh qu'oui, not beau-pere ; n'vous inquiétez pas ;
réjouiſſons-nous en attendant.

Air. *De tous les Capucins du monde.*

Dans l'attente
D'un hymen prochain ,
Il faut , ma charmante,
Danſer un p'tit brin.

BELLEROSE.

Ma brunétte ,
Vive le plaiſir,
C'eſt demain , poulette,
Qu'on va nous unir.

VENTRE A TERRE , *embraſſant Liſette.*

Monſieur Blaiſe ,
N'vous déplaiſe ,
Si tout d'braiſe ,
J'ſuis entrain.

TOUS DEUX.

Point de gêne ,
Ma p'tite Reine ,
Dans la mienne
Mets ta main :
Dans l'attente
D'un hymen prochain
Il faut...

On entend le tambour. VENTRE A TERRE , *prête
l'oreille.*

Belleroſe , entends-tu l'tambour... on va donner l'attaque ; partons, camarade. Adieu , Meſdemoiſelles.

TONTON, *retenant Bellerose.*

Air- *Ah! mon p'tit cœur , vous n'maimez guére.*

Eh quoi! vous partez ſi-tôt ?

BELLEROSE.

On ſe bat; le temps nous preſſe.

VENTRE A TERRE, *à Liſette qui le retient.*

On eſt pet-être à l'aſſaut,
Quand nous jaſons de tendreſſe.

LISETTE.

Eh quoi ! c'eſt-là votre ardeur?
Eh , mon p'tit cœur...
L'ingrat me laiſſe.

BELLEROSE & VENTRE A TERRE , *courant.*

On nous appelle au combat.

TONTON & LISETTE.

Hélas!
Vous n'maimez p s.

SCENE VII.

BLAISE, TONTON, LISETTE.

BLAISE.

Air. *La Comette.*

M Oi, j'admire ces garçons-là ;
Par ma foi, la chose est unique.
Drès l'temps qui s'agit du combat,
Gnia pus qu'ça qui les pique.

LISETTE.

Partout l'Amour a le dessus,
Chez eux, c'est le contraire.

BLAISE.

Un François n'paroît pas non pus
Un soldat ordinaire.

Oui, morgué, ils m'plaisent tant, que j'suis presque
fâché de n'pas être jeune fille pour en épouser quelqu'un.

TONTON.

Oh ! mon oncle ; ils disent qu'ils ont un Général
qu'est cent fois pus brave qu'eux.

BLAISE.

C'est donc un prodige ; si tout va comme ça en
augmentant : quand j'frons arrivés au Roi , gni aura
pus d'comparaison à faire.

Air. *M. de Catinat.*

Un peuple qu'a des chefs aussi brave que ça,
N'a qu'à s'montrer d'abord, & chacun li céd'ra.
Si j'avois du courage,
Et de soldats si fiers,
J'voudrois pour partage
Avoir tout l'univers.

TONTON.

Il est vrai, leur courage est digne d'admiration.
Air. *Sur-tout ne me trompez pas* ; de la Chercheuse
d'esprit.

Mais, souvent pour trop oser,
On risque à perdre la vie.

LISETTE.

Il brûloit de s'exposer ;
De frayeur je suis transie.

BLAISE.

Mon enfant, ils ont trop de cœur ;
La fortune est pour la valeur.
Dans son entreprise,

Tout

Tout la favorife.

TONTON.

Air. *En revenant de S. Denis.*

La fortune eft, dit-on, fans yeux,
Rien ne fixe fon cours volage.

BLAISE.

Cherchez-la d'un air furieux,
A s'enfuir loin d'vous ça l'engage.
C'tilà qu'eft farouche & fougueux,
A tout à craindre de fes jeux:
C'tilà qu'eft jufte & généreux
La met fans peine en efclavage.

LISETTE.

Air. *La bonne aventure.*

Eft-elle pour nos Amans?

BLAISE.

Pargué, c'eft chof' fûre,
Ils s'en vont en braves gens,
Venger leur injure.

TONTON.

Pour ces Grenadiers charmans,
Je ne crains plus d'accidens.

TOUTES DEUX.

La bonne aventure,
O gué,
La bonne aventure.

LISETTE.

Mais que gagnent-ils à tout cela?

BLAISE.

Le plaifir de fervir leur Prince & la réputation.

TONTON.

Qu'es-ce que c'eft que toutes ces chofes-là?

BLAISE.

Ah! morgué, n'en d'mande pas davantage; faut être
Héros pour favoir c'que vaut c'té monnoie-là. Gnia qu'cheux
eux qu'al a cours.

LISETTE.

Voilà Monfieur Briding qui vient nous interrompre.

TONTON.

Que je le hais!

SCENE VIII.

BRIDING, LISETTE, TONTON, BLAISE.

BRIDING, *à Lifette.*

JE donne bien le bonjour à vous, Mam'felle le fille.

B

LISETTE, *le contrefait.*

Je donne bien le bon foir à vous , Monfieur Briding:

BRIDING.

Eh, bon jour vous auffi, Mam'felle le niéce.

TONTON , *le contrefaifant.*

Et adieu vous auffi, Monfieur Briding.

Elles partent.

SCÆNE IX.

BRIDING, BLAISE.

BRIDING.

Elles s'en vont en faifant comme fi elles fe moc-quoient de moi.

BLAISE.

Ça pourroit bien être.

BRIDING.

Elles ont tort ; car il y en a une de ces deux qui m'appartient.

BLAISE.

Qui vous appartient?

BRIDING.

Oui : eft-ce que vous ne favez pas les nouvelles ?

BLAISE.

Non : quelles nouvelles?

BRIDING.

Air. *Ah ! qui eft drôle.*

Oh , vous ne favez rien du tout ;
    Ah, que c'eft drôle !
Morplé , j'époufe pour le coup :
Le François en a tout fon fou.
L'efpoir n'eft pas frivole.
Ils font battus de bout en bout :
    Oh, rien n'eft plus drôle.

BLAISE.

Les François font déja battus ? Vous m'la baillez bonne. En v'là deux qui viennent de partir tout-à-l'heure.

BRIDING.

Oh nous allons vîtement nous autres, l'arme de terre, l'arme navale; tout fe diffipe à notre approche-ment comme le fumée devant l'vent.

BLAISE.

Allons donc ; ça n'eft pas poffible.

BRIDING.

L'être fi fort poffible , que j'ai fait préparer le feftin

pour le nôce, qui fervira pour le réjouiffance tout enfemble.

BLAISE.

Morgué, j'en doute. D'où t'nez-vous c'te nouvelle-là ?

BRIDING.

D'avoir vû quelques fuyards traîneurs de l'arme ennemie, qui cherchent quelque trou pour fe cache à la deftriction !

BLAISE.

Vous n'avez pas d'autres preuves ?

BRIDING.

Elles font fuffifantes ?

BLAISE.

Non, morgué; gnia rien d'pus douteux : c'n'eft pas la premiere fois qu'vous êtes heureux comm-ça en efpérance.

BRIDING.

A la bonne heure ; mais payez par avance le prix de la gageure : je rendre après fi le fait n'être pas véritable.

BLAISE.

Qu'il eft fin ! Oh qu'nennin : j'aim'mieux t'nir que d'courir.

BRIDING.

Ah, Moffié Blaife, paye par douceur ; ou bien je fais paye d'autre forte.

BLAISE.

Non, ventregué ; j'ne pairai pas qu'je n'fois fûr C'eft pas poffible que le François s'laiffent battre.

SCENE X.

LISETTE, BRIDING, BLAISE.

LISETTE.

Air. *J'en ferois ma femme.*

MOn pere, je n'en puis plus.

BLAISE.

Mais, qu'as-tu.

LISETTE.

Enfin, les voilà battus.

BRIDING.

Eh bien ; faifé-je une hiftoire ?
Vous voyez, vous voyez

BLAISE.

Que l'on veut m'en faire accroire.

LISETTE.

Air. *Robin turelurelure.*
Je vous fais un vrai rapport.

BRIDING.
Vous ave la tête dure.

BLAISE.
Oui, morgué, j'en doute encor.

BRIDING.
Turelure.
Vous payerez la gageure.

BLAISE.
Robin turelurelure.

BRIDING, *à Lisette.*
Air. *Eh, non, non, je n'en veux pas d'avantage.*
Faut faire le mariage,
Rien ne doit plus l'empêcher.
Un vainqueur veut en ménage
Vous faire son prisonnier.

LISETTE.
Pour subir cet esclavage,
L'amour m'a mis à la raison,
Eh, non, non, non,
Je n'en veux pas d'avantage.

BLAISE.
Air. *L'amour me fait mourir.*
Comme diable al se presse.

BRIDING.
Son cœur veut pas languir.

LISETTE.
Je fais votre promesse,
Songez à la tenir.
L'amour me fait, lon, lan, la,
L'amour me fait mourir.

BLAISE.
Air. *Du Confiteor.*
C'est s'expliquer en termes clairs,
Qu'est-ce que l'espéce femelle ?
Son cœur tourne à tort, à travers,
Tout de même que sa cervelle.

BRIDING.
Morplé, nous sèche en attendant.
Decide vous donc promptement.
Air. *Et j'y pris bien du plaisir.*
Son futur est des plus tendre.

LISETTE.
Mon cœur brûle à l'unisson.

BLAISE.
Morgué, ce feu-là vient d'prendre
Comme ed la poudre à canon.

BRIDING.
Dans certain cœur par la brêche,
L'amour vient de parvenir :
M'ad'moifelle y met le mêche.

LISETTE.
Et j'y prends bien du plaifir.

BRIDING.
Oh, j'en prendre auffi beaucoup. Je veux me divertir aujourd'hui extrêmement.

Air. *Vous avez bien de la bonté.*
J'ai chez moi le plus beau feftin
Qu'on ait vû fur la terre.
On danfera jufque demain,
Pour l'hymen & l'affaire ;
Sur-tout j'ai choifi de bon vin ;
Et j'ai retenu pour le nôce
Un bon caroffe.

LISETTE.
Monfieur, en vérité,
Vous avez bien de la bonté.
Mais, vous m'étonnez de prendre part auffi chaudement à ma nôce & à cette victoire. C'eft un trait de complaifance & de générofité qui me paffe dans vous.

BRIDING.
Il n'y a rien d'étonnant. J'aime ma Patrie. J'aime vous auffi, Mam'felle. Voilà ma caufe de divertiffement.

LISETTE.
Je vous fuis obligée de l'amitié que vous avez pour moi. Mais il me paroît que c'eft affez mal prouver celle que vous portez à votre Patrie, que de vous réjouir ainfi des pertes qu'elle a faites.

BRIDING.
Je n'appelle pas pertes quelques François par-ci, par-là qui font échappés : ça fe r'trouve, Mam'felle, ça fe r'trouve, & puis,

Air. *De tous les Capucins du monde.*
De tout en pareille avanture
Un vainqueur jamais ne s'affure.
S'il s'eft fauvé quelques François
C'eft pour nous une bagatelle ;
On a voulu laiffer exprès
Quelqu'un pour porte le nouvelle.

LISETTE.
Mais je crois que vous vous imaginez que les François font battus.

BRIDING.
Sans doute ; je le fave dès auparavant ; & vous venez de remplir ma certitude tout-à-l'heure.

LISETTE.
Air. *Vous ne m'entendez pas.*
Vous ne m'entendez pas.
BRIDING,
Si fait ; le chose est claire ;
La France à l'Angleterre
Enfin céde le pas.
LISETTE.
Vous ne m'entendez pas.
C'est tout le contraire.
Air. *Tambour de l'Amour.*
Au son du tambour
La France en ce jour,
De notre féjour
Chasse l'Angleterre.
Le Fort est rendu,
Le Gouverneur est vaincu
Le Léopard tondu.
Malgré sa colere,
On fuit à ses yeux,
Le François victorieux,
Et tout célébre en ce lieu
LOUIS & RICHELIEU.
BLAISE.
Chantons lestamini, &c.
Eh bin, Monsieu l'Anglois ? Je l'difois bin moi ;
qu'les François n'pouvoient pas être battus ?
BRIDING.
D'où fave-vous cela, Mam'felle Lifette ?
LISETTE, *ironiquement.*
Air. *De tous les Capucins du monde.*
De tout, en pareille aventure,
Un vainqueur jamais ne s'affure.
Quelques Anglois qu'on n'a pas pris,
En fuyant annonçoient dans l'Ifle,
Qu'aujourd'hui chafsé du pays,
Vous cherchiez ailleurs un afyle.
BRIDING, *d'un air étonné.*
Air. *Je vous prêterai mon manchon.*
Quoi ! nous ferions mis à le porte
Quand nous y penferions le moins ?
Pour croire qu'ainfi l'Anglois forte,
Je voudre de plus fûrs témoins.
LISETTE.
Ma vûe est bonne, & ne s'est pas méprife.
BRIDING.
Vous me caufez de la furprife.
Mais finiffez donc,
Mam'fell *Louifon*,
Parlez de bon.

BLAISE & LISETTE.]
On vous prend Port-Mahon,
C'eſt tout de bon,
On vous prend Port-Mahon.

BLAISE.

Air. *Ah! mon cher ami, que j'taime!*
C'eſt un triſte coup;
Mais faut s'faire à tout.

BRIDING.

Aiſément je m'en conſole.
Cette aimable enfant
M'aime tendrement.

LISETTE, *le repouſſant.*

Votre eſpérance eſt frivole.

BRIDING.

Quoi! dans ce jour,
Auſſi l'amour
M'abuſe?

LISETTE, *riant.*

Oui, Monſieur. Mais
Je vous en fais
Excuſe.
C'eſt un grenadier
Qui veut m'épouſer.
Eſt-ce que ça ſe refuſe?

BLAISE.

Eſt bin : vlà qu'eſt bon encor celui-là. J'ai cru que
c'étoit lui que tu aimois.

LISETTE.

Lui? Non vraiment. Je n'ai jamais entendu parler
que de *Ventre à Terre.* Monſieur me diſoit qu'un vainqueur me vouloit épouſer. Je l'ai cru inſtruit de mon
inclination; & j'ai répondu en conſéquence. S'il a pris
pour lui quelques petites douceurs qui me ſont échap-
pées; c'eſt une reſtitution qu'il a à me faire, & que
je reclame.

BLAISE.

Eh bin, vous v'là, gros gagneux.
Air. *Adieu paniers.*
Vous voulez avoir nos fillettes,
Et réſiſter aux Grenadiers.
Pauvres amans, pauvres Guerriers,
Adieu paniers, adieu paniers,
Adieu paniers, vendanges ſont faites.

LISETTE.

On entend le tambour.
Ah! J'entends le tambour. Voilà mon amant & Belleroſe. Tonton eſt avec eux.

SCENE DERNIERE.

**BLAISE, BRIDING, TONTON, LISETTE,
VENTRE A TERRE, BELLEROSE,**

VENTRE A TERRE & BELLEROSE, *le col défait
les chapeaux rabbattus, sautent.*

I Ls ont voulu,
Ils n'ont pas pu
Nous faire réfistance
Camarad', & réjouiffons-nous.
Malgré l's'Anglois l'Ifle eft à nous.
Ils ont voulu,
Ils n'ont pas pu
En prendre la défenfe.

VENTRE A TERRE, *à Blaife.*

J'vous l'avois bin dit, qu'nous r'viendrions bientôt,
Beau-pere ?

BRIDING, *s'en allant.*

Aieu, Moffié Blaife.

BLAISE, *courant après lui.*

Oh, qu'nennin. Parlez donc, parlez donc. Eft-ce que
vous ne vous fouv'nez plus de la gageure?

VENTRE A TERRE, *à Lifette.*

Air. *Belle Tonton,* bonjour.
Eh bin, nous v'là de r'tour,
Toujours brûlant d'amour,
Ma charmante Lifette.

LISETTE.

Vous avez chacun deux fufils.

VENTRE A TERRE.

Tout en chaffant les ennemis,
J'en avons fait emplette.

BELLEROSE.

Oui, c'eft la fucceffion de deux Anglois que nous
avons expédiés.

VENTRE A TERRE.

Ce font les plus beaux : car fi j'avois ceux de tous
l's ennemis qu'jons mis par terre à nous deux, mon camarade, tant feulement, j'voudrois l'ver boutique.

BRIDING.

C'eft un peu fort c'que vous dites là, Moffié le foldat.

VENTRE A TERRE.

Tant pis pour vous. Si vous le trouvez trop fort,
faites-y mettre de l'eau.

BELLEROSE.

BELLEROSE , *s'avançant vers Briding,* & *le faifant*
piiouetter.

Qui êtes-vous , s'il vous plaît , vous qui parlez avec
vos petites remarques !

TONTON.

C'eſt l'fiancé de ma coufine.

VENTRE A TERRE.

Oui-dà ; ah ! je n'vous r'connois pas , not bourgeoi ;
comme nous nous quittons bientôt , j'fuis ben aiſe
d'vous avoir vu avant qu'vous battiez une chaffe.

BLAISE.

C'eſt avec l i q ''avons jugé qu'vous feriez vainqueur ;
j'crois qu'j'avons auffi befoin d'vous pour nous faire
payer.

BELLEROSE.

Ah ! c'eſt vous qui gagés , mon p'tit ami.

BRIDING.

Mais , Moffié...

VENTRE A TERRE.

Allons , faites les chofes de bonne grace ; ou ventrebleu , t'nez , pendant que j'fuis en train.

Il le couche en joue.

BRIDING.

Ah ! Meffiés , je ne demande pas mieux ; point de...

Air. *O reguingué.*

De bon cœur je veux vous payer ;
Mais arrangeons-nous fans crier.
Le fille ailleurs va s'marier ,
C'eſt la moitié de la gageure :
De l'autre ma foi vous affure.

VENTRE A TERRE, & BELLEROSE.

Air. *Finiffez donc , Mamfelle Fanchon.*
Finiffez-donc, Monfieur l'Anglois ,
Point d'promeffe ,
Ça nous preffe ,
Finiffez donc, Monfieur l'Anglois ,
Sans tarder donnez-nous des effets.

Ils le couchent en joue.

BRIDING.

Eh ! Meffiés , fouffrez que je refpire.

VENTRE A TERRE.

Faut , morbleu , nous payer fans rien dire.

BRIDING.

Mais , de grace , un moment.

VENTRE A TERRE.

Morbleu , pas un inftant.

BRIDING.

Je propofe un bon arrangement.

VENTRE A TERRE, & BELLEROSE.

Finiffez-donc, Monfieur l'Anglois ;

E

Point d'fineffe ,
Point d'adreffe ;
Dépêchez-vous , Monfieur l'Anglois ,
Point d'quartier, donnez-nous vos effets.

BRIDING.

Tenez , Meffiés , voilà ma chapeau ; elle me coutit parblé 24 liv. 10. fols argent de France.

VENTRE A TERRE.

Tant mieux ; la canne à préfent.

BRIDING.

Voilà la canne ; maudite gageure !

BLAISE.

Ce n'eft pas l'tout, faut encore cent écus.

BELLEROSE.

Allons , Monfieur, les cent écus , vîte.

BRIDING.

Ah! je fuis ruiné...

VENTRE A TERRE , *le couchant en joue.*

Vîte donc.

BRIDING.

Ah! Meffiés ; pardon , les voilà.

BELLEROSE.

Votre ferviteur de tout mon cœur, Monfieur , vous voilà libre de partir à préfent ; le plutôt fera le mieux.

BRIDING.

Air. *Des Trembleurs.*

Ah! fatale circonftance ,
D'un feftin & d'une danfe.
J'ai fait les frais pour la France ,
Ça me pénétre le cœur.

BELLEROSE.

Profitez de l'avanture ;
Ne faites plus de gageure :
Vous perdriez , je vous jure ,
Vous n'avez pas de bonheur.

LISETTE, *paffant devant lui en riant.*

Adieu, Monfieur Briding, ah, ah, ah.

TONTON, *lui faifant une révérence.*

Monfieur Briding , je fuis votre fervante.

BLAISE.

Gardez chacun c'que vous avez , ça fervira à augmenter la dot.

BRIDING, *pleurant.*

Morplé, c'eft traître à l'Angleterre de me jouer un tour comme celui-là. Ventreplé, ma Nation n'eft capable que de faire des fottifes.

BELLEROSE.

Eh bien, voilà l'meilleur mot que vous ayez dit.

VENTRE A TERRE.

Etes-vous capable de le foutenir?

BRIDING.

Oui, morplé, je le foutiendrai.

TONTON.

Cette gageure-là lui tient terriblement au cœur.

VENTRE A TERRE.

A caufe d'fes bons fentimens, j'vas lui rendre fon argent, moi. T'nez, Monfieur Briding.

BRIDING, *furpris.*

Eft-il poffible ? Mais...

VENTRE A TERRE.

Allons-donc, faut-il vous prier ?

BRIDING.

Ah ! Moffié, que de graces !

BELLEROSE.

Ne nous remerciez pas encore, Monfieur ; je ne veux pas être moins généreux que mon camarade ; & il ne fera pas dit que vous vous en aillez fans canne & fans chapeau chez vous : les voilà.

BRIDING, *reftant immobile après les avoir régardés tous deux.*

Ah ! Meffiés , votre générofité me touche, me pénétre : non , on ne trouve pas des gens comme vous nulle part ; permettez que j'embraffe vous , vous êtes trop admirables. Allons, Meffiés, vive la France.

TONTON.

Air. *Nous autre bons villageois.*

L'argent fait un grand effet,
Et force la reconnoiffance.

BRIDING.

D'abord le dépit m'agitoit,
A préfent c'eft la bienveillance ;
Pour ma nôce un bal étoit fait,
Pour la vôtre il fera tout prêt :
Allons enfemble chez moi,
Et chantons, Vive le Roi.

TOUS.

Oui, chantons, Vive le Roi.　　　　*bis.*

VENTRE A TERRE.

Oui, Monfieur Briding a raifon ; favez-vous bin qu'vous m'raviffez, & qu'la conquête d'vot cœur m'fait prefque autant d'plaifir que celle d'la Place. Puifqu'vous êtes François, vous rft'rez avec nous. Allons, nos futures d'la joie.

à Lifette.

Air. *Tout en chemin faifant*, de Jerôme & Fanchon-nette.

Vous ferez ce foir
Madame Ventre à terre.

LISETTE.

C'eft le bien que j'efpere,

Et je voudrois m'y voir.
   B E L L E R O S E,
Tonton, de Bellerose
Aura bientôt le nom.
    T O N T O N.
Mon amour s'y difpofe.
Le nom de Bellerofe
Me plaît mieux que Tonton.
   VENTRE A TERRE.
Nous fommes tous d'accord, n'eft-il pas vrai, beau-
pere ?
     B L A I S E.
Oui, morgué; j'n'aurois jamais cru voir la joie fi
complette; c'eft affaire à vous pour boute tout en train.
   Air. *Des Bateliers de S. Cloud.*
  Il faut tous nous mettre en cadance;
  Je veux avoir des violons;
  Des p'tits François de vot' façon,
  Ça hat'ra la naiffance.
BELLEROSE & VENTRE A TERRE,
  Fiez-vous à des bons lurons,
  Dont l'alure eft fringante & lefte,
    Zifte, zefte
    Et zon, zon,
  Vous aurez bientôt des r'jettons.
Quand l'arbre eft bon, tant plus y a d'branches, &
mieux c'eft.
Enfuite une Troupe de Grenadiers & de Mahonois
  viennent former un Divertiffement.

V A U D E V I L L E

VENTRE A TERRE.

L Es ennemis fiers & jaloux
Faifoient les méchans loin de nous :
  C'eft à l'Anglaife;
Mais nous les laiffons s'approcher,
C'étoit afin d'les mieux r'licher;
  A la Françaife.
Eux qu'ont beaucoup d'raifonnement,
Se font r'culés en nous voyant :
  C'eft à l'Anglaife;
Mais nous qu'allons groffierement,
J'les avons ferrés fortement,
  A la Françaife.
   B E L L E R O S E.
Railler avant d'avoir vaincu;

Jurer quand on eft bien battu ,
    C'eft à l'Anglaife.
La langue ne va que le trot ;
Mais le bras court le grand galop
    A la Françaife.

      LISETTE.

Sujets de nouveaux citoyens ,
Laiffons langage, efprit , maintien ,
    Et mode Anglaife :
Si nous défirons être bien ,
Il ne faut jamais faire rien
    Qu'à la Françaife.

      BLAISE.

Vous qui maris voulez avoir ,
Tendrons n'allez pas vous pourvoir
    Comme à l'Anglaife :
En ménage quand on fe met ,
Tout fe fait bien, quand on le fait
    A la Françaife.

      BELLEROSE.

Belles , ici tout vous manquoit ,
L'amour froidement fe faifoit
    Comme à l'Anglaife :
La gloire a comblé nos fouhaits ,
Pour bien aimer, n'aimés jamais
    Qu'à la Françaife.

      BRIDING.

Je pourrois bien étant battit
Pour cache ma honte & dépit
    Rire à l'Anglaife :
Mais j'aime mieux, crainte de pis ,
Triompher en chantant Louis
    A la Françaife.

    TONTON, *au public.*

Meffieurs , fi par un vain effort,
Nous n'avons pas bravé le fort,
    Comme à l'Anglaife :
Pour augmenter notre tranfport ,
Applaudiffez nous tous d'accord ,
    A la Françaife.

FIN.

On trouve à Avignon, chez les
Freres, Bonnet, Imprimeurs,
Libraires, vis-à-vis le Puits des
Bœufs, un assortiment de Pieces
de Théâtre, imprimées dans le
même goût.